LA GESTE

www.gesteditions.com

Par ce logo, nous témoignons d'une volonté de réduire les impacts environnementaux liés aux activités de l'imprimerie. Nous choisissons un imprimeur impliqué dans la réduction des gaz à effet de serre. Le choix de nos papiers assure que la production a été faite à partir d'un produit à base de bois et a suivi le cahier des charges d'une gestion durable des forêts européennes.
Achevé d'imprimer chez Denona en Union Européenne en Juin 2020.
Loi n° 49-956 du 16 juillet 1949 sur les publications destinées à la jeunesse.

Mise en page : Les ateliers Geste
Dépôt légal premier semestre 2020

11, rue Norman-Borlaug
79260 La Crèche
05 49 05 37 22
contact@gesteditions.com

LES P'TITS SECRETS DES PIRATES ET CORSAIRES

Véronique HERMOUET – Luc TURLAN

NOM :

PRÉNOM :

VILLE :

LES MINI-GUIDES DÉCOUVERTE

la petite école de Crapoto

Petit Geste

– À L'ABORDAGE !

– Bonjour Crapoto ! À quoi joues-tu ?

– Bonjour Jonathan ! Je suis un pirate, je pars à la recherche d'un trésor !

– Quelle bonne idée ! Je peux jouer avec toi ?

Si tu veux, je te raconterai la véritable histoire des pirates !

– D'accord moussaillon ! Hissez le pavillon noir, on lève les voiles, direction l'île mystérieuse...

LE PAVILLON DE PIRATE À TÊTE DE MORT EST AUSSI APPELÉ « JOLLY ROGER ».

IL EST INTERDIT DE L'UTILISER, MÊME POUR S'AMUSER...

– D'abord, il ne faut pas confondre les **pirates** et les **corsaires**.

– Ce n'est pas la même chose ?

– Non, les corsaires étaient au service du roi. Ils n'attaquaient que les navires ennemis et possédaient une **« lettre de marque »**, une sorte d'autorisation de combat. Le butin était donc partagé entre l'état, le propriétaire du bateau et l'équipage.

– Et les pirates ?

– Eux, n'étaient que des bandits des mers, sans foi ni loi qui pillaient n'importe quel navire.

UNE RÉPLIQUE DU DERNIER NAVIRE ARMÉ PAR SURCOUF, « LE RENARD », EST VISIBLE À SAINT-MALO.

ROBERT SURCOUF

EN OCTOBRE 1800, AVEC SES 160 HOMMES D'ÉQUIPAGE, À BORD DE « LA CONFIANCE » ARMÉE DE 24 CANONS, ROBERT SURCOUF S'EMPARE DU « KENT », UN NAVIRE 3 FOIS PLUS GRAND QUE LE SIEN, QUI COMPTE 38 CANONS ET 437 HOMMES !

CET EXPLOIT FAIT ENTRER LE CORSAIRE DANS LA LÉGENDE !

DURANT UN COMBAT LES ADVERSAIRES DU CÉLÈBRE SURCOUF LUI LANCÈRENT :

« VOUS, FRANÇAIS, VOUS VOUS BATTEZ POUR L'ARGENT. TANDIS QUE NOUS, ANGLAIS, NOUS NOUS BATTONS POUR L'HONNEUR ! »

ET SURCOUF AURAIT RÉPONDU :

« CHACUN SE BAT POUR CE QUI LUI MANQUE. »

– Sais-tu, Crapoto, que les pirates ont eu une vie qu'on a du mal à imaginer. Certains d'entre-eux sont à l'origine de légendes fantastiques totalement inventées mais beaucoup d'histoires, pourtant incroyables, sont bien réelles.

– **Barbe noire,** il a existé ?

– Oui, c'était un pirate anglais, **Edward Teach** ou Edward Thatch, on n'est pas sûr de son vrai nom.

– Il avait vraiment une barbe noire ?

– Oui, et pour paraître encore plus impressionnant, on dit qu'il allumait des mèches de canon sous son chapeau pendant les combats. La barbe hirsute et la tête fumante, il terrorisait les marins qui préféraient souvent se rendre sans combattre !

– Brrr ! Pas très rassurant, en effet !

À LA FIN DE LA GUERRE DE SUCCESSION D'ESPAGNE EN 1713, BEAUCOUP DE MARINS SE RETROUVENT SANS SALAIRE. LA PIRATERIE EST ALORS POUR EUX UN DES MOYENS D'ÉVITER LA MISÈRE.

PENDANT LES GRANDES HEURES DE LA PIRATERIE, ON PENSE QU'ENVIRON 5 000 PIRATES SÉVISSAIENT AUX CARAÏBES.

QUELQUES PIRATES AYANT RÉELLEMENT EXISTÉS

EDWARD TEACH, « BARBE-NOIRE »,
EST SANS AUCUN DOUTE LE PLUS ILLUSTRE PIRATE AYANT EXISTÉ. IL SEMAIT UNE TERREUR TELLE QUE, POUR ÉVITER LE COMBAT, SES ADVERSAIRES PRÉFÉRAIENT, PARFOIS, SE RENDRE TOUT DE SUITE !

ANNE BONNY ET MARY READ
SONT LES DEUX FEMMES PIRATES LES PLUS CONNUES.

BARTHOLOMEW ROBERTS
A PILLÉ 400 NAVIRES EN SEULEMENT 2 ANS. IL AVAIT LA RÉPUTATION D'ÊTRE CULTIVÉ, TOUJOURS BIEN HABILLÉ, ET DE NE PAS BOIRE D'ALCOOL. SON FAMEUX « CODE DES PIRATES » RESTE CÉLÈBRE.

FRANÇOIS L'OLONNAIS
ÉTAIT UN PIRATE FRANÇAIS TRISTEMENT RENOMMÉ POUR SA CRUAUTÉ. LES RÉCITS DE SES MÉFAITS FONT FROID DANS LE DOS....

– Quand on parle des pirates, on pense souvent aux **îles des Caraïbes** car elles étaient sur la route maritime des colonies espagnoles et portugaises. Les navires chargés d'or, de bois précieux et d'épices étaient des proies toutes trouvées pour ces bandits des mers.

– Et **l'île de la Tortue** ? Elle a existé ?

– Bien sûr, et elle existe encore, au nord de Haïti.

Elle s'appelle ainsi à cause de sa forme qui évoque vaguement une carapace de tortue de mer. Elle a été le port d'attache des **« flibustiers »**. Ces pirates organisés en une société : **« Les frères de la côte »**.

Des marins sanguinaires qui respectaient parfois certaines règles de conduites et d'honneur.

L'ÎLE AUX TRÉSORS EXISTE DANS L'OCÉAN PACIFIQUE. C'EST L'ÎLE COCOS, À 550 KILOMÈTRES AU SUD-OUEST DU COSTA RICA CAR, DE NOMBREUX PIRATES Y AURAIENT CACHÉS DES TRÉSORS PILLÉS AUX NAVIRES ESPAGNOLS. DEPUIS 1997, LES FOUILLES Y SONT INTERDITES PAR LE GOUVERNEMENT DU COSTA RICA. LES CHASSEURS DE TRÉSORS DÉTRUISAIENT LES SITES.

LES CARAÏBES

LES PIRATES SÉVISSENT ENTRE LE XVIIE ET LE XVIIIE SIÈCLE SUR LES ROUTES MARITIMES VERS L'INDE ET VERS LE NOUVEAU MONDE. LEURS CIBLES SONT SURTOUT LES NAVIRES MARCHANDS, ATTAQUÉS LE LONG DES CÔTES.

– Comment devenait-on pirate ?

– Souvent, des marins rejoignaient la piraterie pour vivre mieux. Parfois ils étaient d'anciens corsaires qui cherchaient de meilleures conditions de vie. Chez les pirates la vie était rude mais égalitaire. Il existait même des codes de conduite, appelés « chasse-partie ». Chacun avait le droit à la parole et le partage du butin était plus équitable.

Mais attention : les châtiments étaient exemplaires contre ceux qui commettaient des actes graves. On n'hésitait pas à les abandonner sur une île déserte après leur avoir coupé le nez et les oreilles, par exemple...

– Aïe ! Alors il valait mieux respecter le code !

« LE CAPITAINE ET LE QUARTIER-MAÎTRE RECEVRONT CHACUN DEUX PARTS DE BUTIN, LE CANONNIER ET LE MAÎTRE D'ÉQUIPAGE, UNE PART ET DEMIE, LES AUTRES OFFICIERS UNE PART ET UN QUART, LES FLIBUSTIERS UNE PART CHACUN. »

EXTRAIT DU CODE ÉDICTÉ PAR BARTHOLOMEW ROBERTS, DIT « BLACK BART »

CHEZ LES CORSAIRES, LE PARTAGE DES PRISES ÉTAIT TRÈS INJUSTE ALORS QUE CHEZ LES PIRATES ON DIVISAIT LE BUTIN DE FAÇON BIEN PLUS ÉQUITABLE. POUR MESURER LES PARTS DE BUTIN, ON FAISAIT DES TAS DE LA HAUTEUR D'UN PIED. CHACUN « PRENAIT SON PIED ». L'EXPRESSION, SYNONYME DE PLAISIR, EXISTE ENCORE.

DE MÊME POUR LA NOURRITURE, ALORS QUE CHEZ LES CORSAIRES, LES OFFICIERS ÉTAIENT BIEN MIEUX SERVIS QUE LES MARINS, CHEZ LES PIRATES, TOUT LE MONDE MANGEAIT LA MÊME CHOSE.

– Et les **cartes au trésor** ? Ça existe ?
– Ah oui ! Il en existe une très célèbre, écrite en code par un pirate français nommé **La Buse** ! Hélas, personne n'a jamais réussi à percer ce code et le trésor est toujours caché quelque part ! Sans doute sur l'île de La Réunion où ce bandit a été condamné à mort et pendu, en 1730.
– Tu crois qu'on le trouvera un jour ?
– Qui sait ? Ou alors, peut-être a-t-il déjà été trouvé par quelqu'un qui n'en a jamais parlé, pour profiter seul de cette immense fortune !
– J'adore les mystères !

LA LÉGENDE RACONTE QU'AU MOMENT DE SON EXÉCUTION, LA CORDE AU COU, OLIVIER LEVASSEUR, SURNOMMÉ « LA BUSE », AURAIT JETÉ CE MESSAGE CODÉ DANS LA FOULE EN S'ÉCRIANT : « MON TRÉSOR À QUI SAURA LE PRENDRE ! » ON CHERCHE ENCORE À LE DÉCHIFFRER…

À L'ISSUE DE SON PROCÈS, LA BUSE AURAIT DIT À SES GARDIENS : « AVEC CE QUE J'AI CACHÉ ICI, JE POURRAIS ACHETER TOUTE L'ÎLE. »

– Mais comment faisaient-ils pour naviguer sans se perdre ? Il n'y avait pas de GPS au temps des pirates !

– La navigation à cette époque se faisait avec des outils peu précis mais la **boussole** existait déjà. On utilisait aussi un **sablier** pour mesurer le temps écoulé et un **astrolabe** ou un **sextant** pour déterminer sa position.

De plus, ces marins expérimentés étaient aussi très observateurs des courants, des vents et malgré les cartes marines peu fiables, ils savaient assez bien où ils se trouvaient.

LE COMPAS SERT À MESURER ET REPORTER DES DISTANCES SUR LES CARTES.

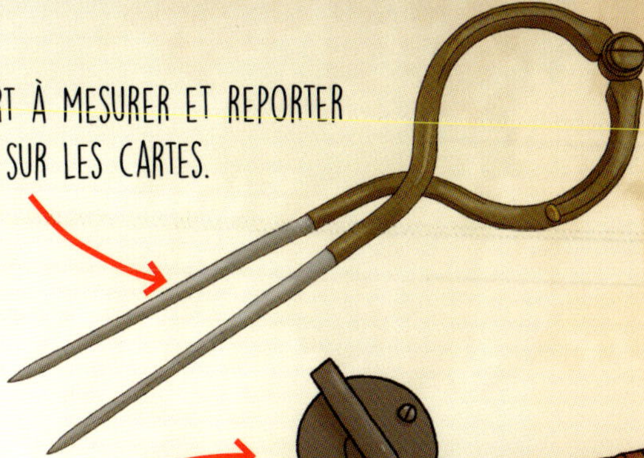

LE SEXTANT MESURE LA HAUTEUR DES ASTRES PAR RAPPORT À L'HORIZON. IL AIDE À SE SITUER EN PLEINE MER.

LA LONGUE-VUE PERMET DE SURVEILLER L'HORIZON.

LA BOUSSOLE INDIQUE LE NORD MAGNÉTIQUE.

– Les pirates étaient redoutés par les **navires marchands** qui se protégeaient de leur mieux.
Les attaques étaient rapides et les combats en mer, parfois très violents. Mais le but n'était pas de couler le navire, il fallait le prendre pour s'emparer de la cargaison : de l'**or**, du **tabac**, de la **soie** et des **épices** de grande valeur à cette époque.
– Il valait mieux abandonner le chargement que de risquer sa vie, non ?
– Oui, et c'est souvent ce qui se passait.

LES MARINS DORMAIENT DANS DES HAMACS, LES « BRANLES ». AVANT UN COMBAT, ON DONNAIT L'ORDRE DE DÉCROCHER LES « BRANLES » POUR FAIRE PLACE AUX CANONS, D'OÙ L'EXPRESSION « BRANLE-BAS DE COMBAT ! »

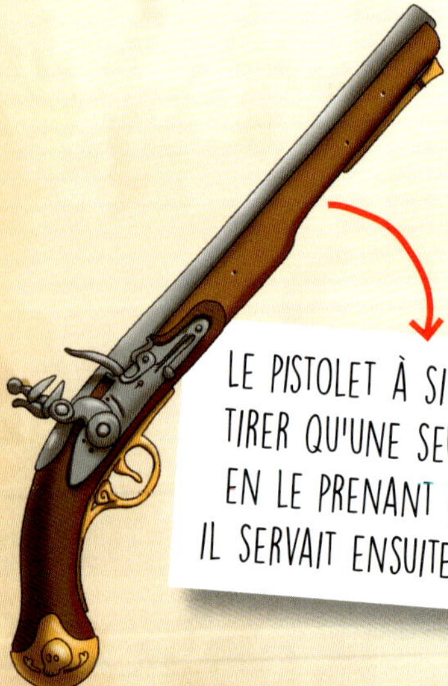

LE PISTOLET À SILEX NE POUVAIT TIRER QU'UNE SEULE BALLE MAIS, EN LE PRENANT PAR LE CANON, IL SERVAIT ENSUITE DE MATRAQUE !

SABRES, POIGNARDS, HACHES, TOUTES LES ARMES ÉTAIENT BONNES POUR LES PIRATES !
EN PLUS DES BOULETS ORDINAIRES QUI ENDOMMAGEAIENT LES COQUES DES NAVIRES, DES BOULETS SPÉCIAUX DECHIRAIENT LES VOILES ET COUPAIENT LES MÂTS EN TOURNOYANT DANS L'AIR.
CERTAINS GROS NAVIRES POUVAIENT EMBARQUER JUSQU'À 120 CANONS !

– Ça ne devait pas être facile, la vie de pirate.

– Comme pour tous les marins, elle n'était pas des plus simples. Les dangers de la mer étaient nombreux, les **tempêtes**, le **froid**, ou même le **manque de vent** qui laissait les bateaux à la dérive pendant des jours entiers ! Les ravitaillements en vivres et en eau potable se faisaient seulement sur les îles ou dans les ports. Quand les voyages étaient trop longs, il fallait parfois se rationner. Ne parlons pas de l'hygiène car l'eau douce était précieuse. Alors pas question de la gâcher en se lavant. Les **maladies** étaient courantes et la médecine peu efficace.

– En effet, on ne pense pas à ça quand on parle des pirates...

SI LE VOYAGE DURAIT TROP LONGTEMPS, ON FINISSAIT PAR LES LÉGUMES SECS QUI SE CONSERVAIENT LE PLUS LONGTEMPS : LES HARICOTS. UNE FOIS CEUX-CI AVALÉS, C'ÉTAIT « LA FIN DES HARICOTS »... L'EXPRESSION EXISTE TOUJOURS POUR DIRE QUE LA FIN EST PROCHE !

LE SCORBUT, QUE LES MARINS APPELAIENT LA PESTE DES MERS EST UNE MALADIE DÛE À UN MANQUE DE VITAMINE C, PRÉSENTE DANS LES LÉGUMES ET FRUITS FRAIS.

LA NOURRITURE À BORD N'ÉTAIT PAS TRÈS VARIÉE ET PEU APPÉTISSANTE. AU DÉBUT D'UN VOYAGE ON EMBARQUAIT DES FRUITS ET LÉGUMES FRAIS, DES POULES QUI FOURNISSAIENT DES ŒUFS ET DU BÉTAIL POUR LA VIANDE FRAÎCHE. ET ON PÊCHAIT UN PEU DE POISSON...

L'EAU, STOCKÉE DANS DES TONNEAUX, CROUPISSAIT RAPIDEMENT. ON LA COUPAIT PARFOIS AVEC DU RHUM POUR LA CONSERVER PLUS LONGTEMPS.

UNE FOIS LES RÉSERVES FRAÎCHES CONSOMMÉES, IL RESTAIT LA VIANDE SÉCHÉE, LES LÉGUMES SECS ET LES BISCUITS DE MARINS.

LES BISCUITS DE MARINS SONT FAITS UNIQUEMENT À BASE DE LEVAIN ET DE FARINE. TRÈS DURS, ILS SE CONSERVENT À L'ABRI DE L'HUMIDITÉ. PAS FACILE SUR UN BATEAU !

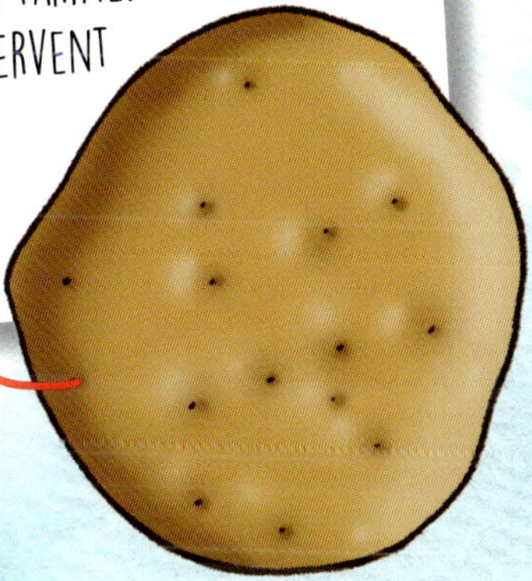

– Les auteurs de **romans** ou de **films**, se sont largement inspirés de la réalité pour donner naissance à des héros qui font rêver. Stevenson a sans doute écrit un des romans de piraterie les plus connus : **« l'île au trésor »**.

– Je connais aussi le sinistre Capitaine Crochet de Peter Pan !

– C'est exact, Crapoto, et plus récemment la série de films **« Pirates des Caraïbes »** met en scène des personnages extraordinaires qui font le bonheur des spectateurs.

– Ah oui ! J'ai adoré Jack Sparrow ! Même si parfois j'ai eu un peu peur.

– Heureusement, ce n'est que du cinéma !

QUELQUES PIRATES IMAGINAIRES

LONG JOHN SILVER ET LE CAPITAINE FLINT (ROMAN DE STEVENSON : L'ÎLE AU TRÉSOR)

JACK SPARROW (FILMS DE WALT DISNEY : PIRATES DES CARAÏBES)

CAPITAINE CROCHET (ROMAN DE J. M. BARRIE : PETER PAN)

RACKHAM LE ROUGE (BD DE HERGÉ : LES AVENTURES DE TINTIN)

WILLY LE BORGNE (FILM DE RICHARD DONNER : LES GOONIES)

– Ce voyage au temps des redoutables pirates m'a passionné mais je crois que si j'avais vécu à cette époque je n'aurais pas aimé les côtoyer !
– Oui, bien sûr, ils n'étaient pas très fréquentables.
Et si l'océan pouvait parler, il aurait des histoires épouvantables à raconter !
– Mais s'il reste encore des trésors à trouver, je vais essayer d'en trouver un, moi !
– Bonne idée ! Alors, **bon vent Capitaine Crapoto !**

LES PIRATES N'ONT PAS FINI
DE NOUS FAIRE RÊVER.
SURTOUT QUAND ON SAIT
QUE DE NOMBREUX TRÉSORS
N'ONT JAMAIS ÉTÉ RETROUVÉS.
DES CENTAINES DE NAVIRES
GISENT AU FOND DE L'OCÉAN,
AVEC DES FORTUNES FABULEUSES
DANS LEURS CALES.

DES SOCIÉTÉS SPÉCIALISÉES
DANS LA RECHERCHE SOUS-MARINE
DÉCOUVRENT ENCORE DES ÉPAVES CONTENANT
DES TRÉSORS DE PLUSIEURS MILLIONS D'EUROS.
HEUREUSEMENT, CES FOUILLES ARCHÉOLOGIQUES
SONT TRÈS RÉGLEMENTÉES.

SI TU TROUVES UN TRÉSOR,
IL NE T'APPARTIENDRA PAS.
TU DEVRAS LE DÉCLARER
AUX AUTORITÉS ET TU EN
SERAS « L'INVENTEUR ».
C'EST AINSI QU'ON
NOMME CELUI QUI L'A
DÉCOUVERT.

Jeu 1

QUEL CHEMIN MÈNERA CRAPOTO JUSQU'AU TRÉSOR ?

Jeu 2

QUELLE EST LA BONNE OMBRE ?

Jeu 3

QUELLES SONT LES 5 DIFFÉRENCES ENTRE CES DEUX IMAGES ?

EN COMPTANT CELLE-CI, COMBIEN AS-TU VU DE CES TÊTES DE MORT DANS DE CE LIVRE ? 

Jeu 4

Dans la même collection :

Les p'tits secrets du Bassin d'Arcachon
Les p'tits secrets des phares
Les p'tits secrets de l'huître du Bassin d'Arcachon
Les p'tits secrets de l'huître
Les p'tites bêtes du littoral
Les p'tits secrets du Pays Basque
Les p'tits secrets des ports de pêche
Les p'tits secrets de Vendée
Les p'tits secrets de la préhistoire
Les p'tits secrets de l'océan
Les p'tits secrets du Limousin
Les p'tits secrets de la forêt
Les p'tits secrets de la ferme
Les p'tits secrets d'Oléron
Les p'tits secrets de Fort Boyard
Les p'tits secrets des châteaux forts
Les p'tits secrets des dinosaures
Les p'tits secrets de l'île de Ré
Les p'tits secrets des insectes